JARDÍN DE INVIERNO

PABLO NERUDA

JARDÍN
DE INVIERNO

OBRA PÓSTUMA

Seix Barral ⚐ **Biblioteca Breve**

Primera edición: 1974
(Editorial Losada, S. A., Buenos Aires)

Cubierta: Joan Batallé

Primera edición: enero 1977
Segunda edición: septiembre 1981
Tercera edición: junio 1983

© 1974: Editorial Losada, S. A.

Derechos de edición en castellano
reservados para todo el mundo:
© 1977 y 1983: Editorial Seix Barral, S. A.
Córcega, 270 - Barcelona-8

ISBN: 84 322 0307 6

Depósito legal: B. 23551 - 1983

Impreso en España

EL EGOÍSTA

No FALTA nadie en el jardín. No hay nadie:
sólo el invierno verde y negro, el día
desvelado como una aparición,
fantasma blanco, fría vestidura,
por las escalas de un castillo. Es hora
de que no llegue nadie, apenas caen
las gotas que cuajaban el rocío
en las ramas desnudas del invierno
y yo y tú en esta zona solitaria,
invencibles y solos, esperando
que nadie llegue, no, que nadie venga

con sonrisa o medalla o presupuesto
a proponernos nada.

Ésta es la hora
de las hojas caídas, trituradas
sobre la tierra, cuando
de ser y de no ser vuelven al fondo
despojándose de oro y de verdura
hasta que son raíces otra vez
y otra vez, demoliéndose y naciendo,
suben a conocer la primavera.

Oh corazón perdido
en mí mismo, en mi propia investidura,
qué generosa transición te puebla!
Yo no soy el culpable
de haber huido ni de haber acudido:
no me pudo gastar la desventura!
La propia dicha puede ser amarga
a fuerza de besarla cada día
y no hay camino para liberarse
del sol sino la muerte.

Qué puedo hacer si me escogió la estrella
para relampaguear, y si la espina
me condujo al dolor de algunos muchos.
Qué puedo hacer si cada movimiento

de mi mano me acercó a la rosa?
Debo pedir perdón por este invierno,
el más lejano, el más inalcanzable
para aquel hombre que buscaba el frío
sin que sufriera nadie por su dicha?

Y si entre estos caminos:
—Francia distante, números de niebla—
vuelvo al recinto de mi propia vida:
un jardín solo, una comuna pobre,
y de pronto este día igual a todos
baja por las escalas que no existen
vestido de pureza irresistible,
y hay un olor de soledad aguda,
de humedad, de agua, de nacer de nuevo:
qué puedo hacer si respiro sin nadie,
por qué voy a sentirme malherido?

GAUTAMA CRISTO

Los **nombres** de Dios y en particular de su repre-
    sentante
llamado Jesús o Cristo, según textos y bocas,
han sido usados, gastados y dejados
a la orilla del río de las vidas
como las conchas vacías de un molusco.
Sin embargo, al tocar estos nombres sagrados
y desangrados, pétalos heridos,
saldos de los océanos del amor y del miedo,
algo aún permanece: un labio de ágata,
una huella irisada que aún tiembla en la luz.

Mientras se usaban los nombres de Dios
por los mejores y por los peores, por los limpios y
    por los sucios
por los blancos y los negros, por ensangrentados ase-
    sinos
y por las víctimas doradas que ardieron en napalm,
mientras Nixon con las manos
de Caín bendecía a sus condenados a muerte,
mientras menos y menores huellas divinas se halla-
    ron en la playa,
los hombres comenzaron a estudiar los colores,
el porvenir de la miel, el signo del uranio,
buscaron con desconfianza y esperanza las posibi-
    lidades
de matarse y de no matarse, de organizarse en hile-
    ras,
de ir más allá, de ilimitarse sin reposo.

Los que cruzamos estas edades con gusto a sangre,
a humo de escombros, a ceniza muerta,
y no fuimos capaces de perder la mirada,
a menudo nos detuvimos en los nombres de Dios,
los levantamos con ternura porque nos recordaban
a los antecesores, a los primeros, a los que interro-
    garon,
a los que encontraron el himno que los unió en la
    desdicha

y ahora viendo los fragmentos vacíos donde habitó
  aquel hombre
sentimos estas suaves sustancias
gastadas, malgastadas por la bondad y por la mal-
  dad.

LA PIEL DEL ABEDUL

Como la piel del abedul
eres plateada y olorosa:
tengo que contar con tus ojos
al describir la primavera.

Y aunque no sé cómo te llamas
no hay primer tomo sin mujer:
los libros se escriben con besos
(y yo les ruego que se callen
para que se acerque la lluvia).

Quiero decir que entre dos mares
está colgando mi estatura
como una bandera abatida.
Y por mi amada sin mirada
estoy dispuesto hasta a morir
aunque mi muerte se atribuya
a mi deficiente organismo
o a la tristeza innecesaria
depositada en los roperos.
Lo cierto es que el tiempo se escapa
y con voz de viuda me llama
desde los bosques olvidados.

Antes de ver el mundo, entonces,
cuando mis ojos no se abrían
yo disponía de cuatro ojos:
los míos y los de mi amor:
no me pregunten si he cambiado:
(es sólo el tiempo el que envejece):
(vive cambiando de camisa
mientras yo sigo caminando).

Todos los labios del amor
fueron haciendo mi ropaje
desde que me sentí desnudo:
ella se llamaba María,
(tal vez Teresa se llamaba),

y me acostumbré a caminar
consumido por mis pasiones.

Eres tú la que tú serás
mujer innata de mi amor,
la que de greda fue formada
o la de plumas que voló
o la mujer territorial
de cabellera en el follaje
o la concéntrica caída
como una moneda desnuda
en el estanque de un topacio
o la presente cuidadora
de mi incorrecta indisciplina
o bien la que nunca nació
y que yo espero todavía.

Porque la luz del abedul
es la piel de la primavera.

MODESTAMENTE

HAY que conocer ciertas virtudes
normales, vestimentas de cada día
que de tanto ser vistas parecen invisibles
y no entregarnos al excepcional,
al tragafuego o a la mujer araña.

Sin duda que preconizo la excelencia silvestre,
el respeto anticuado, la sede natural,
la economía de los hechos sublimes que se pegan
de roca en roca a las generaciones sucesivas,
como ciertos moluscos vencedores del mar.

Toda la gente, somos nosotros, los eslabones grises
de las vidas que se repiten hasta la muerte,
y no llevamos uniformes desmesurados, ni rupturas
    precisas:
nos convienen las comunicaciones, el limpio amor,
    el pan puro,
el fútbol, las calles atravesadas con basuras a la
    puerta,
los perros de condescendientes colas, el jugo de un
    limón
en el advenimiento del pescado pacífico.

Pido autorización para ser como todos,
como todo el mundo y también, como cualquiera:
le ruego a usted, encarecidamente,
si se trata de mí, ya que de eso se trata,
que se elimine el cornetazo durante mi visita
y se resignen ustedes a mi tranquila ausencia.

CON QUEVEDO, EN PRIMAVERA

Todo ha florecido en
estos campos, manzanos,
azules titubeantes, malezas amarillas,
y entre la hierba verde viven las amapolas.
El cielo inextinguible, el aire nuevo
de cada día, el tácito fulgor,
regalo de una extensa primavera.
Sólo no hay primavera en mi recinto.
Enfermedades, besos desquiciados,
como yedras de iglesia se pegaron
a las ventanas negras de mi vida

y el sólo amor no basta, ni el salvaje
y extenso aroma de la primavera.

Y para ti qué son en este ahora
la luz desenfrenada, el desarrollo
floral de la evidencia, el canto verde
de las verdes hojas, la presencia
del cielo con su copa de frescura?
Primavera exterior, no me atormentes,
desatando en mis brazos vino y nieve,
corola y ramo roto de pesares,
dame por hoy el sueño de las hojas
nocturnas, la noche en que se encuentran
los muertos, los metales, las raíces,
y tantas primaveras extinguidas
que despiertan en cada primavera.

TODOS SABER

Alguien preguntará más tarde, alguna vez
buscando un nombre, el suyo o cualquier otro nom-
    bre,
por qué desestimé su amistad o su amor
o su razón o su delirio o sus trabajos:
tendrá razón: fue mi deber nombrarte,
a ti, al de más allá y al de más cerca,
a alguno por la heroica cicatriz,
a la mujer aquella por su pétalo,
al arrogante por su inocencia agresiva,
al olvidado por su oscuridad insigne.

Pero no tuve tiempo ni tinta para todos.

O bien el menoscabo de la ciudad, del tiempo,
el frío corazón de los relojes
que latieron cortando mi medida,
algo pasó, no descifré,
no alcancé todos los significados:
pido perdón al que no está presente:
mi obligación fue comprender a todos, delirante,
débil, tenaz, manchado, heroico, vil,
amante hasta las lágrimas, ingrato,
redentor atrapado en su cadena,
enlutado campeón de la alegría.

Ay, para qué contamos tus verdades
si yo viví con ellas,
si yo soy cada uno y cada vez,
si yo me llamo siempre con tu nombre.

IMAGEN

DE UNA MUJER que apenas conocí
guardo el nombre cerrado: es una caja,
alzo de tarde en tarde las sílabas que tienen
herrumbre y crujen como pianos desvencijados:
salen luego los árboles aquellos, de la lluvia,
los jazmines, las trenzas victoriosas
de una mujer sin cuerpo ya, perdida,
ahogada en el tiempo como en un lento lago:
sus ojos se apagaron allí como carbones.

Sin embargo, hay en la disolución

fragancia muerta, arterias enterradas,
o simplemente vida entre otras vidas.

Es aromático volver el rostro
sin otra dirección que la pureza:
tomar el pulso al cielo torrencial
de nuestra juventud menoscabada:
girar un anillo al vacío,
poner el grito en el cielo.

Siento no tener tiempo para mis existencias,
la mínima, el souvenir dejado en un vagón
de tren, en una alcoba o en la cervecería,
como un paraguas que allí se quedó en la lluvia:
tal vez son estos labios imperceptibles
los que se escuchan como resonancia marina
de pronto, en un descuido del camino.

Por eso, Irene o Rosa, María o Leonor,
cajas vacías, flores secas ˋdentro de un libro,
llaman en circunstancias solitarias
y hay que abrir, hay que oír lo que no tiene voz,
hay que ver estas cosas que no existen.

LLAMA EL OCÉANO

No voy al mar en este ancho verano
cubierto de calor, no voy más lejos
de los muros, las puertas y las grietas
que circundan las vidas y mi vida.

En qué distancia, frente a cuál ventana,
en qué estación de trenes
dejé olvidado el mar y allí quedamos,
yo dando las espaldas a lo que amo
mientras allá seguía la batalla
de blanco y verde y piedra y centelleo.

Así fue, así parece que así fue:
cambian las vidas, y el que va muriendo
no sabe que esa parte de la vida,
esa nota mayor, esa abundancia
de cólera y fulgor quedaron lejos,
te fueron ciegamente cercenadas.

No, yo me niego al mar desconocido,
muerto, rodeado de ciudades tristes,
mar cuyas olas no saben matar,
ni cargarse de sal y de sonido:
Yo quiero el mío mar, la artillería
del océano golpeando las orillas,
aquel derrumbe insigne de turquesas,
la espuma donde muere el poderío.

No salgo al mar este verano: estoy
encerrado, enterrado, y a lo largo
del túnel que me lleva prisionero
oigo remotamente un trueno verde,
un cataclismo de botellas rotas,
un susurro de sal y de agonía.

Es el libertador. Es el océano,
lejos, allá, en mi patria, que me espera.

PÁJARO

Un pájaro elegante,
patas delgadas, cola interminable,
viene
cerca de mí, a saber qué animal soy.

Sucede en Primavera,
en Condé-sur-Iton, en Normandía.
Tiene una estrella o gota
de cuarzo, harina o nieve
en la frente minúscula
y dos rayas azules lo recorren

desde el cuello a la cola,
dos líneas estelares de turquesa.

Da minúsculos saltos
mirándome rodeado
de pasto verde y cielo
y son dos signos interrogativos
estos nerviosos ojos acechantes
como dos alfileres,
dos puntas negras, rayos diminutos
que me atraviesan para preguntarme
si vuelo y hacia dónde.
Intrépido, vestido
como una flor por sus ardientes plumas,
directo, decidido
frente a la hostilidad de mi estatura,
de pronto encuentra un grano o un gusano
y a saltos de delgados pies de alambre
abandona el enigma
de este gigante que se queda solo,
sin su pequeña vida pasajera.

JARDÍN DE INVIERNO

Llega el invierno. Espléndido dictado
me dan las lentas hojas
vestidas de silencio y amarillo.

Soy un libro de nieve,
una espaciosa mano, una pradera,
un círculo que espera,
pertenezco a la tierra y a su invierno.

Creció el rumor del mundo en el follaje,
ardió después el trigo constelado

por flores rojas como quemaduras,
luego llegó el otoño a establecer
la escritura del vino:
todo pasó, fue cielo pasajero
la copa del estío,
y se apagó la nube navegante.

Yo esperé en el balcón tan enlutado,
como ayer con las yedras de mi infancia,
que la tierra extendiera
sus alas en mi amor deshabitado.

Yo supe que la rosa caería
y el hueso del durazno transitorio
volvería a dormir y a germinar:
y me embriagué con la copa del aire
hasta que todo el mar se hizo nocturno
y el arrebol se convirtió en ceniza.

La tierra vive ahora
tranquilizando su interrogatorio,
extendida la piel de su silencio.
Yo vuelvo a ser ahora
el taciturno que llegó de lejos
envuelto en lluvia fría y en campanas:
debo a la muerte pura de la tierra
la voluntad de mis germinaciones.

MUCHAS GRACIAS

Hay que andar tanto por el mundo
para° constatar ciertas cosas,
ciertas leyes de sol azul,
el rumor central del dolor,
la exactitud primaveral.

Yo soy tardío de problemas:
llego tarde al anfiteatro
donde se espera la llegada
de la sopa de los centauros!
Allí brillan los vencedores

y se multiplica el otoño.

Por qué yo vivo desterrado
del esplendor de las naranjas?

Me he dado cuenta poco a poco
que en estos días sofocantes
se me va la vida en sentarme,
gasto la luz en las alfombras.

Si no me dejaron entrar
en la casa de los urgentes,
de los que llegaron a tiempo,
quiero saber lo que pasó
cuando se cerraron las puertas.

Cuando se cerraron las puertas
y el mundo desapareció
en un murmullo de sombreros
que repetían como el mar
un prestigioso movimiento.

Con estas razones de ausencia
pido perdón por mi conducta.

REGRESOS

Dos REGRESOS se unieron a mi vida
y al mar de cada día:
de una vez afronté la luz, la tierra,
cierta paz provisoria. Una cebolla
era la luna, globo
nutricio de la noche, el sol naranja
sumergido en el mar:
una llegada
que soporté, que reprimí hasta ahora,
que yo determiné, y aquí me quedo:
ahora la verdad es el regreso.

Lo sentí como quebrantadura,
como una nuez de vidrio
que se rompe en la roca
y por allí, en un trueno, entró la luz,
la luz del litoral, del mar perdido,
del mar ganado ahora y para siempre.

Yo soy el hombre de tantos regresos
que forman un racimo traicionado,
de nuevo, adiós, por un temible viaje
en que voy sin llegar a parte alguna:
mi única travesía es un regreso.

Y esta vez entre las incitaciones
temí tocar la arena, el resplandor
de este mar malherido y derramado,
pero dispuesto ya a mis injusticias
la decisión cayó con el sonido
de un fruto de cristal que se destroza
y en el golpe sonoro vi la vida,
la tierra envuelta en sombras y destellos
y la copa del mar bajo mis labios.

LOS PERDIDOS DEL BOSQUE

Yo soy uno de aquellos que no alcanzó a llegar
    al bosque,
de los retrocedidos por el invierno en la tierra,
atajados por escarabajos de irisación y picadura
o por tremendos ríos que se oponían al destino.
Éste es el bosque, el follaje es cómodo, son altísimos
    muebles
los árboles, ensimismadas cítaras las hojas,
se borraron senderos, cercados, patrimonios,
el aire es patriarcal y tiene olor a tristeza.

Todo es ceremonioso en el jardín salvaje
de la infancia: hay manzanas cerca del agua
que llega de la nieve negra escondida en los Andes:
manzanas cuyo áspero rubor no conoce los dientes
del hombre, sino el picoteo de pájaros voraces,
manzanas que inventaron la simetría silvestre
y que caminan con lentísimo paso hacia el azúcar.

Todo es nuevo y antiguo en el esplendor circun-
    dante,
los que hasta aquí vinieron son los menoscabados,
y los que se quedaron atrás en la distancia
son los náufragos que pueden o no sobrevivir:
sólo entonces conocerán las leyes del bosque.

IN MEMORIAM
MANUEL Y BENJAMÍN

Al mismo tiempo, dos de mi carrera,
de mi cantera, dos de mis trabajos,
se murieron con horas de intervalo:
uno envuelto en Santiago, el otro en Tacna:
dos singulares, sólo parecidos
ahora, única vez, porque se han muerto.

El primero fue taimado y soberano,
áspero, de rugosa investidura,
más bien dado al silencio:
de obrero trabajado conservó

la mano de tarea predispuesta
a la piedra, al metal de la herrería.
El otro, inquieto del conocimiento,
ave de rama en rama de la vida,
fuegocentrista como un bello faro
de intermitentes rayos.
                    Dos secuaces
de dos sabidurías diferentes:
dos nobles solitarios que hoy se unieron
para mí en la noticia de la muerte.

Amé a mis dos opuestos compañeros
que, enmudeciendo, me han dejado mudo
sin saber qué decir ni qué pensar.

Tanto buscar debajo de la piel
y tanto andar entre almas y raíces,
tanto picar papel hora tras hora!

Ahora quietos están, acostumbrándose
a un nuevo espacio de la oscuridad,
el uno con su rectitud de roble
y el otro con su espejo y espejismo:
los dos que se pasaron nuestras vidas
cortando el tiempo, escarmenando, abriendo
surcos, rastreando la palabra justa,
el pan de la palabra cada día.

(Si no tuvieron tiempo de cansarse
ahora quietos y por fin solemnes
entran compactos a este gran silencio
que desmenuzará sus estaturas.)

No se hicieron las lágrimas jamás
para estos hombres.
                    Y nuestras palabras
suenan a hueco como tumbas nuevas
donde nuestras pisadas desentonan,
mientras ellos allí se quedan solos,
con naturalidad, como existieron.

EL TIEMPO

De muchos días se hace el día, una hora
tiene minutos atrasados que llegaron y el día
se forma con extravagantes olvidos, con metales,
cristales, ropa que siguió en los rincones,
predicciones, mensajes que no llegaron nunca.
El día es un estanque en el bosque futuro,
esperando, poblándose de hojas, de advertencias,
de sonidos opacos que entraron en el agua
como piedras celestes.

     A la orilla
quedan las huellas doradas del zorro vespertino

que como un pequeño rey rápido quiere la
    guerra:
el día acumula en su luz briznas, murmullos:
todo surge de pronto como una vestidura
que es nuestra, es el fulgor acumulado
que aguardaba y que muere por orden de la
    noche
volcándose en la sombra.

ANIMAL DE LUZ

Soy en este sin fin sin soledad
un animal de luz acorralado
por sus errores y por su follaje:
ancha es la selva: aquí mis semejantes
pululan, retroceden o trafican,
mientras yo me retiro acompañado
por la escolta que el tiempo determina:
olas del mar, estrellas de la noche.

Es poco, es ancho, es escaso y es todo.
De tanto ver mis ojos otros ojos

y mi boca de tanto ser besada,
de haber tragado el humo
de aquellos trenes desaparecidos:
las viejas estaciones despiadadas
y el polvo de incesantes librerías,
el hombre yo, el mortal, se fatigó
de ojos, de besos, de humo, de caminos,
de libros más espesos que la tierra.

Y hoy en el fondo del bosque perdido
oye el rumor del enemigo y huye
no de los otros sino de sí mismo,
de la conversación interminable,
del coro que cantaba con nosotros
y del significado de la vida.

Porque una vez, porque una voz, porque una
sílaba o el transcurso de un silencio
o el sonido insepulto de la ola
me dejan frente a frente a la verdad,
y no hay nada más que descifrar,
ni nada más que hablar: eso era todo:
se cerraron las puertas de la selva,
circula el sol abriendo los follajes,
sube la luna como fruta blanca
y el hombre se acomoda a su destino.

LOS TRIÁNGULOS

TRES TRIÁNGULOS de pájaros cruzaron
sobre el enorme océano extendido
en el invierno como una bestia verde.
Todo yace, el silencio,
el desarrollo gris, la luz pesada
del espacio, la tierra intermitente.
Por encima de todo fue pasando
un vuelo
y otro vuelo
de aves oscuras, cuerpos invernales,
triángulos temblorosos

cuyas alas
agitándose apenas
llevan de un sitio a otro
de las costas de Chile
el frío gris, los desolados días.

Yo estoy aquí mientras de cielo en cielo
el temblor de las aves migratorias
me deja hundido en mí y en mi materia
como en un pozo de perpetuidad
cavado por una espiral inmóvil.

Ya desaparecieron:
plumas negras del mar,
pájaros férreos
de acantilados y de roqueríos,
ahora, a medio día
frente al vacío estoy: es el espacio
del invierno extendido
y el mar se ha puesto
sobre el rostro azul
una máscara amarga.

UN PERRO HA MUERTO

MI PERRO ha muerto.

Lo enterré en el jardín
junto a una vieja máquina oxidada.

Allí, no más abajo,
ni más arriba,
se juntará conmigo alguna vez.
Ahora él ya se fue con su pelaje,
su mala educación, su nariz fría.
Y yo, materialista que no cree

en el celeste cielo prometido
para ningún humano,
para este perro o para todo perro
creo en el cielo, sí, creo en un cielo
donde yo no entraré, pero él me espera
ondulando su cola de abanico
para que yo al llegar tenga amistades.

Ay no diré la tristeza en la tierra
de no tenerlo más por compañero
que para mí jamás fue un servidor.
Tuvo hacia mí la amistad de un erizo
que conservaba su soberanía,
la amistad de una estrella independiente
sin más intimidad que la precisa,
sin exageraciones:
no se trepaba sobre mi vestuario
llenándome de pelos o de sarna,
no se frotaba contra mi rodilla
como otros perros obsesos sexuales.
No, mi perro me miraba
dándome la atención que necesito,
la atención necesaria
para hacer comprender a un vanidoso
que siendo perro él,
con esos ojos, más puros que los míos,
perdía el tiempo, pero me miraba

con la mirada que me reservó
toda su dulce, su peluda vida,
su silenciosa vida,
cerca de mí, sin molestarme nunca,
y sin pedirme nada.

Ay cuántas veces quise tener cola
andando junto a él por las orillas
del mar, en el Invierno de Isla Negra,
en la gran soledad: arriba el aire
traspasado de pájaros glaciales
y mi perro brincando, hirsuto, lleno
de voltaje marino en movimiento:
mi perro vagabundo y olfatorio
enarbolando su cola dorada
frente a frente al Océano y su espuma.

Alegre, alegre, alegre
como los perros saben ser felices,
sin nada más, con el absolutismo
de la naturaleza descarada.
No hay adiós a mi perro que se ha muerto.
Y no hay ni hubo mentira entre nosotros.

Ya se fue y lo enterré, y eso era todo.

OTOÑO

Estos meses arrastran la estridencia
de una guerra civil no declarada.
Hombres, mujeres, gritos, desafíos,
mientras se instala en la ciudad hostil,
en las arenas ahora desoladas
del mar y sus espumas verdaderas,
el Otoño, vestido de soldado,
gris de cabeza, lento de actitud:
el Otoño invasor cubre la tierra.

Chile despierta o duerme. Sale el sol

meditativo entre hojas amarillas
que vuelan como párpados políticos
desprendidos del cielo atormentado.

Si antes no había sitio por las calles,
ahora sí, la sustancia solitaria
de ti y de mí, tal vez de todo el mundo,
quiere salir de compras o de sueños,
busca el rectángulo de soledad
con el árbol aún verde que vacila
antes de deshojarse y desplomarse
vestido de oro y luego de mendigo.

Yo vuelvo al mar envuelto por el cielo:
el silencio entre una y otra ola
establece un suspenso peligroso:
muere la vida, se aquieta la sangre
hasta que rompe el nuevo movimiento
y resuena la voz del infinito.

LA ESTRELLA

Bueno, ya no volví, ya no padezco
de no volver, se decidió la arena
y como parte de ola y de pasaje,
sílaba de la sal, piojo del agua,
yo, soberano, esclavo de la costa
me sometí, me encadené a mi roca.
No hay albedrío para los que somos
fragmento del asombro,
no hay salida para este volver
a uno mismo, a la piedra de uno mismo,
ya no hay más estrella que el mar.

ÍNDICE